DIEU LA VEUT-IL?

Paris. — Imprimerie de Lacour et Cⁱᵉ.
Rue St-Hyacinthe-St Michel, 33.

DIEU LA VEUT-IL?

PAR

Jᴴ. D'AVENEL.

> Le peuple français est maître chez lui; il a fait une République..., peut-être fera-t-il une monarchie. C'est son droit imprescriptible.
>
> (NAPOLÉON, *Mémoires.*)

2ᵉ TIRAGE.

PARIS,

En vente chez :

DENTU, Palais-Royal,
DESLOGES, rue Saint-André-des-Arts, 59,
JEANNE, passage Choiseul.

1849

DIEU LA VEUT-IL ?

Jacques Bonhomme, honnête garde national, traversait il y a quelques jours la place de la Concorde ; il avait compté sur ses doigts tous les noms qu'elle a déjà usés, et lui, à son tour, par un baptême nouveau, il l'eût volontiers appelée le *Dernier soupir de Louis-Philippe*, comme l'on nomme en Espagne *le Dernier soupir du Maure* le point du mont Padul, d'où le roi Boabdil, contraint de fuir Grenade, jeta un triste regard sur son bel Allhambra.

Notre Parisien venait de s'arrêter devant

l'Obélisque, qui se dresse là comme l'énigme de la révolution, quand il sentit une main familière qui se posait sur son épaule. Il se retourna, et reconnaissant Jonathan (1), l'un de ses vieux amis :

— Jonathan, dit-il, est-ce bien toi, eh ! mon cher, qui t'amène ici ? que viens-tu demander à ce triste Paris ?

— Et toi-même, reprit Jonathan, que demandes-tu à ces ibis et à ces éperviers, me donneras-tu des nouvelles de Rhamsès et de Sésostris, et lis-tu couramment tous ces hiéroglyphes ?

Jacques secoua la tête en souriant, passa son bras au bras de son ami, et l'entraînant vers les Champs-Élysées : — Ah çà, dit-il, pour qui me prends-tu, pour une momie ou pour un fossile ? que m'importent les Pharaons et leurs vieilles énigmes ? l'avenir, voilà

(1) On sait que Jonathan est la personnification des États-Unis d'Amérique, comme Jacques-Bonhomme la personnification de la France.

l'hiéroglyphe sérieux; mais pour le déchif-
frer, je ne sache pas de Champollion.

JONATHAN.

Comment, Jacques, toi aussi, enrôlé dans
les peureux. Va, ne t'inquiète pas, la France
est solide, solide comme l'Obélisque.

JACQUES.

L'Obélisque! il était solide à Luxor et il
l'est à Paris; si pourtant, quand il vint en
France, il n'eût pas été confié à un habile
capitaine, où serait-il à cette heure-ci, dans
la mer, n'est-ce pas?

JONATHAN.

C'est possible; mais de la mer et de ses
écueils il n'est, Dieu merci, plus question;
la France reprend sa position normale.

JACQUES.

Encore un peu penchée, qu'en dis-tu?

JONATHAN.

Des airs penchés! mais c'est de la co-

quetterie ; et si la France veut se modeler
sur la tour de Pise, qu'as-tu à y redire ?

JACQUES.

Moi ! rien, sinon que la tour de Pise pen-
che, il est vrai, mais tout juste comme il y a
quatre cents ans ; nous, c'est de plus en plus
que nous penchons vers la banqueroute.

JONATHAN.

Allons donc ! 2 à 300 millions ; une ba-
gatelle ! Ne faut-il pas, mon cher ami, li-
quider février.

JACQUES

Liquiderons-nous l'un après l'autre tous
les mois de l'année ? quel long cercle et quel
cercle vicieux. Songe à 1830 ; les poètes
nous disaient alors :

Peuple, croise tes bras après ton œuvre immense.

Eh bien ! dix-sept ans s'écoulent, le peuple rouvre ses bras, frappe son élu, et le
bissextile.....

JONATHAN.

.....Tombe sur le traître ; n'est-ce pas là le proverbe, et n'est-ce pas ta pensée ?

JACQUES.

Non pas, le rideau baissé, je ne siffle plus et je plains tout ce qui tombe.

JONATHAN.

En vérité, depuis Callippus tué avec l'arme qui avait tué Dion ; depuis Marius, frappé de l'épée qu'il forgea, jusqu'au roué qui se jette dans ses piéges, oh ! tu plaisantes, Jacques, leur chute absout le ciel.

JACQUES.

Tu parles d'absoudre, Jonathan, mais songes-y bien, l'on absout le passé si l'on ne fait mieux que lui. Voyons quel bien a apporté à la France, je ne dis pas ce qu'on nomme la réaction, mais la république originelle, la république de la veille ?

JONATHAN.

Il ne faut pas vouloir danser plus vite que

les violons ; comprends donc que nous sortons du provisoire, sorte de pont de cordes mal jointes, comme j'en ai vu en Amérique; quel équilibriste, par un tel roulis, pourrait garder l'aplomb?

JACQUES.

D'accord ; mais si le roulis allait être moins sous nos pieds que dans nos têtes.

JONATHAN.

Nous sommes fous, est-ce là ce que tu veux dire ?

JONATHAN.

Oh! je suis trop poli ; mais quand naguère nous écoutions complaisamment nos terroristes rétrospectifs, petits sauvages malgracieux qui, la pêche faisant défaut, s'amusent à broyer sous leurs dents des débris d'arètes, qu'étions-nous, je te prie?

JONATHAN.

Que veux-tu ; le fils excuse son père, et depuis le bonhomme Noé.....

JACQUES.

Noé ne s'enivra que du sang de la grappe, et 93 s'enivra du meilleur de notre sang ! Donner le pompon aux hommes de ce temps-là, c'est une honte pour le nôtre.

JONATHAN.

Eh ! ne vois-tu pas que la France au 10 décembre a protesté contre eux ; l'homme du moment, c'est Louis Bonaparte.

JACQUES.

Je l'ai nommé.

JONATHAN.

Et tu ne t'en repens pas, j'espère bien : ne veut-il pas réconcilier la France avec la France ; placé sur la scène entre deux chœurs, l'antique coryphée les prenait par la main et les rapprochait mutuellement, voilà le rôle qu'il a adopté.

JACQUES.

L'éloge est beau, et à vrai dire il le mérite.

JONATHAN.

Ainsi donc, tu n'as pas d'objection contre lui.

JACQUES.

Mais pardon, j'en aurais bien une à la rigueur; il n'est pas son petit-fils.

JONATHAN.

Que ne suis-je mon petit-fils; qui donc a dit cela ? Tiens, c'est Napoléon ; le mot est juste ; mais après tout, Louis Napoléon est son neveu, et vois-tu.....

JACQUES.

Oui, comme Eumène à la mort d'Alexandre, à défaut de trône, il peut, n'est-il pas vrai, placer sur le fauteuil présidentiel le sceptre du grand homme ?

JONATHAN.

Et pourquoi pas? La France pour encenser ce glorieux sceptre a-t-elle donc attendu les ordres d'Eumène ?

JACQUES.

C'est très bien ; mais prenons garde, parmi tout cet encens, de nous laisser aveugler.

JONATHAN.

Sur quoi?

JACQUES.

Sur nos dangers.

JONATHAN.

La liberté les prévient. N'est-elle pour nous ce qu'était ce phare de Lampadouze qui, placé entre Malte et Tunis sous la fói mutuelle de deux peuples ennemis, indiquait les écueils et préservait des naufrages?

JACQUES.

Je l'admets volontiers de la vraie liberté; mais tant que Corinthe fut *les fers de la Grèce*, la Grèce fut-elle libre ?

JONATHAN.

Paris n'est pas *les fers de la France*. Tous deux n'ont qu'un vœu, et ce vœu c'est la République.

JACQUES.

La République? laquelle? Il y en a de tant de sortes. Quand, sous le régime déchu, on demandait à Arago s'il était républicain, il s'abritait tout de suite derrière Aristote qui compte quarante ou cinquante espèces de Républiques, et il demandait en riant dans sa barbe de laquelle précisément on voulait lui parler ; ainsi il y a d'abord la République héréditaire.

JONATHAN.

Aristote, je te prie, parle-t-il de celle-là ?

JACQUES.

Je n'en sais rien ; ce que je sais, c'est que Bodin, Lamennais et bien d'autres en parlent.

JONATHAN.

Ils en parlent sérieusement? Oh ! c'est impossible ; hérédité et despotisme, rois et tyrans, sont quatre mots, à mon avis, tout-à-fait synonymes.

JACQUES.

Quoi ! partout et toujours ; depuis Louis XVI auquel, par parenthèse, on reprochait, en 93, d'avoir aboli la question (1), jusqu'à saint Louis, le justicier de Vincennes, voire même jusqu'à ces rois d'Egypte qui à leurs repas ne pouvaient boire qu'une certaine quantité de vin. Pauvres tyrans !

JONATHAN.

Comment, suspect, c'est à ma barbe que tu les plains. C'est à moi que tu présentes l'hérédité comme la bénite pierre

Qui peut seule enrichir les peuples de la terrre.

JACQUES.

Moi ! point du tout ; vouloir couler tous les peuples au même moule est une impertinence ; autant vaudrait changer toutes nos côtes en ports, ou bien en assignats tous nos vieux chiffons.

(1) Voir le *Moniteur* de 93.

JONATHAN.

Voyons, m'accordes-tu qu'avec l'hérédité le peuple se suicide ?

JACQUES.

Non, je ne t'accorde pas cela ; si une institution, telle circonstance donnée, peut seule me rendre heureux, comment moi peuple me suiciderai-je en l'adoptant ; il y a plus, si j'avise que la paix ne se perpétue que sous un pouvoir qui se perpétue lui-même ;

Perpetuam pacem, perpetuumque ducem.

si enfin je vois dans l'hérédité la seule forteresse de mes libertés, qui osera me blâmer de relever ma *quiquengrogne* ; car après tout, quand Curtius se jeta dans le gouffre, ce fut pour sa patrie ; mais la patrie, pour qui, dis-moi, se jetterait-elle dans l'abîme ? pour une théorie ?

JONATHAN.

Mais, mon cher, beaucoup te soutiendront

que ce serait là l'idéal de la perfection politique.

JACQUES.

Grand merci de ton idéal ; je préfère être
moins parfait. Aimer mieux mourir de tes
remèdes que guérir des miens, qu'est-ce
autre chose que de la folie? Tu me dis qu'a-
vec l'hérédité j'abdiquerais un droit; qu'im-
porte, si par là j'en conquiers un meilleur !
le premier de tous les droits, celui de vivre;
car en définitive que vaut pour moi un droit?
tout juste ce qu'il me rapporte, et là-dessus,
je l'avoue, je partage un tant soit peu l'avis
de ce brave homme de la Crète.

JONATHAN.

De la crète de la Montagne ?

JACQUES.

Ne montons pas si haut ; ton calembourg
peut être charmant, mais sérieusement. .

JONATHAN.

Eh bien! sérieusement, que disait ton
Crétois ?

JACQUES.

Quelqu'un, César, je crois, voulait le faire citoyen romain; lui, à ce beau titre, il préféra, sais-tu quoi? mille dragmes.

JONATHAN.

Mille dragmes, 900 francs! Avant la Californie cela avait bien son mérite, mais tes Crétois c'était fort peu de chose, ils ne tiraient leurs flèches que pour de l'argent ; nous valons mieux nous autres.

JACQUES.

Parce que nous les tirons pour des coteries, pour des charlatans qui veulent en politique nous guérir malgré nous, qui nous croient liés et comme hypothéqués à leurs folles idées, et qui se fâchent, ma foi, quand nous nous dérobons à leurs remèdes un peu trop chers pour nous.

JONATHAN.

Diable! il te faut des Cincinnatus ou bien des Washington ; patience, ne sont-ils pas le fruit de bonnes institutions?

JACQUES.

Cela peut être ; mais dans nos vieilles so-
ciétés, sais-tu ce que sont trop souvent les
institutions les meilleures ; ce qu'étaient
pour le bandit ces montagnes qu'on lui fai-
sait admirer : Très belles certes, répondait-
il ; oui, très belles pour des ambuscades.

JONATHAN.

Que notre drapeau cache de faux frères,
c'est possible ; mais sa devise ! Sa devise !!!

JACQUES.

Eh bien ! sa devise ; ne sait-on point l'é-
luder ; peux-tu me dire que la liberté n'op-
prime pas, que l'égalité n'accapare jamais,
et que la fraternité ne sait point haïr ? Oh !
elle est bien vieille, mais elle est toujours
jeune cette sentence que nous devons à un
républicain (1) : que plus les hommes savent bien dire, moins ils savent bien faire ;
les anciens, pour rendre leurs arrêts de

(1) Le vieux Cicéron.

bannissement, se servaient de la feuille de l'olivier. Avouons-le, ce que l'arbre de la paix était pour eux, l'arbre de la liberté l'est trop souvent pour nous, et je ne m'étonne plus qu'un austère républicain ait pu dire :

« Je suis volontiers pour la République,
« à la condition qu'il n'y ait pas de républi-
« cains (1). »

Pour presque tous nos républicains de la veille, la liberté n'est qu'une machine de guerre ; la ville prise, la machine leur soucie peu. C'est là une vieille tactique, et Grimm depuis fort longtemps nous en a dit le secret ; or, des hommes comme Grimm, il y en a par milliers aujourd'hui ; dévots à la République, ils le sont à coup sûr, si pourtant elle les laissait sans place et sans argent, l'aimeraient-ils du même amour ? Si Marianne n'avait pas de dot, Tartufe toujours voudrait-il l'épouser ?

(1) Fauriel.

JONATHAN.

Il faut que Marianne épouse qui elle aime; madame de Staël ou madame Necker, je ne sais plus laquelle, ne voulait-elle pas forcer sa fille à faire un mariage d'amour; moi je veux aussi forcer la France à se marier selon son goût; car un mariage ne peut être heureux où l'inclination ne serait pas.

JACQUES.

Ton idée est galante, mais elle n'est pas neuve, témoin ce peuple qui ne permit chez lui que les mariages d'amour.

JONATHAN.

Eh bien! tout y allait comme de cire.

JACQUES.

Comme de cire, oui autant que durait la lune de miel; mais quand cette lune-là avait rejoint les vieilles lunes.

JONATHAN.

Eh bien! qu'arrivait-il?

JACQUES.

Ah ! les femmes de ce pays-là ne valaient pas celles du nôtre.

JONATHAN.

Que faisaient-elles donc ?

JACQUES.

Désillusionnées de leurs idoles, elles les empoisonnaient.

JONATHAN.

Que me dis-tu là ?

JACQUES.

Une chose vraie, à telles enseignes que dans le susdit pays les femmes durent se brûler sur le tombeau de leurs époux.

JONATHAN.

Mais c'est là du roman.

JACQUES.

Du roman, non pas ; c'est de l'histoire ; le roman, ce serait de croire que la popularité chez nous pourra durer jamais quatre fois douze lunes.

JONATHAN.

Alors, à ton avis nous sommes ingouvernables ?

JACQUES.

Cooper l'a dit ; un bon républicain pourtant ; je ne le dis pas, moi : toutes nos folies auront un terme ; nous comprendrons que vouloir faire de la stabilité avec l'agitation, de l'ordre avec le désordre, c'est tout bonnement vouloir faire de l'or avec du cuivre, car en politique comme en chimie, l'art transmutatoire n'est qu'une chimère. Ce qui assied le crédit, vivifie le commerce, alimente le travail, c'est la stabilité ; ôtez tout cela, la faim vient, elle saisit le prolétaire aux dents, et un beau jour, sa femme désespérée n'a plus qu'à lui servir..... des balles et un pavé.

JONATHAN.

Le mal est là, en effet, dans le crédit qui ne veut pas renaître.

JACQUES.

Tu lui en veux, à ce pauvre crédit; tu le boudes comme Napoléon boudait la lune quand, à l'Observatoire, on ne pouvait la lui montrer; le crédit est comme elle, une fois qu'il a disparu, on ne le ressaisit pas à volonté.

JONATHAN.

La confiance le ramènerait. Eh ! mon Dieu, que la France ne guérit-elle ? nous lui proposons assez de remèdes.

JACQUES.

Les remèdes et la santé sont deux choses différentes. Sais-tu l'histoire de ce cheval fantastique que M. de Balzac, sous peine de se fâcher avec l'un de ses amis, lui voulait faire accepter?

JONATHAN.

Qu'en veux-tu conclure ?

JACQUES.

C'est l'image exacte du bonheur que vous

deviez nous donner ; franchement, pour vous croire, il faut un grain de fanatisme.

JONATHAN.

Moi je n'ai point de fanatisme ; si bien évidemment le suffrage universel sans le contre-poids de l'hérédité devenait le tombeau de la France, je ne voudrais pas qu'elle s'y enterrât, je méprise trop ces républicains intolérants (1) qui défendaient de planter même un arbre à fruit.

JACQUES.

Pourquoi donc cette défense ?

JONATHAN.

Ah ! voici : ils craignaient que le confort ne tuât chez eux la liberté ; si donc l'hérédité était pour moi cet arbre à fruit que quelques-uns nous disent, je voudrais le planter sur notre sol plébéien, et pourtant je vois d'ici tous nos gros bonnets rouges, Proudhon, Pyat, Pierre Leroux...

(1) Les Nabathéens.

JACQUES.

Bah ! ceux qui le matin étaient pour Mar-
cel jetteraient le soir leurs capuces rouges....,

JONATHAN.

Tu t'abuses, mon cher ; c'est du passé ton
Macel ; or c'en est fait du vieux monde,
cherchons-en un nouveau.

JACQUES.

Et si ton nouveau monde, Jonathan, n'é-
tait que l'île des Lanternes ?

JONATHAN.

Donne-moi un autre Colomb et nous ver-
rons après.

JACQUES.

Colomb était chrétien, le sommes-nous,
nous autres ? L'Amérique n'eut pas existé,
que, par un miracle, peut-être, elle eût pour
Colomb surgi de l'Océan. Mais nous, si vrai-
ment en politique un nouveau monde existe,
je crains fort que Dieu pour nous punir ne

l'engloutisse dans la mer ; car, dis-moi en dépit de nos grands mots qu'aimons-nous je te prie ? nous, et rien que nous ; ah ! nous sommes bien les dignes fils de nos pères.

JONATHAN.

Ils aimèrent la liberté, et c'est-là leur excuse.

JACQUES.

Depuis quand le satyriasisme se nomme-t-il de l'amour ? ils souillèrent la liberté, ils ne l'aimèrent pas ; l'empire n'est pas si loin qu'on ne puisse s'en souvenir ; quand Napoléon demanda à ces farouches Brutus si l'établissement de titres héréditaires contrariait l'égalité, on sait ce qu'ils lui répondirent ; pour se vêtir de pourpre, pour se couvrir de galon, pour se distribuer sénatoreries et places de toute espèce ils se fussent, je crois, accrochés à un fer rouge ; aussi, comme après la bataille de Méloria, où l'on disait : Voulez-vous voir Pise, allez à Gênes ;

l'on pouvait dire alors : Voulez-vous voir les républicains, allez à la cour.

JONATHAN.

Tant que tu voudras, mais à bout d'illusions et d'expériences sans fruit, nous reviendrions à l'hérédité que peut-être le meilleur chef pour la France serait encore celui dont le titre est le pire.

JACQUES.

Comment donc, est-ce que par ce temps d'égalité un bon titre n'en vaudrait pas un mauvais ; veux-tu ressusciter les priviléges à rebours ? ne sais-tu pas d'ailleurs ce que disent en mourant, même après un glorieux règne, ceux dont le titre ne valut rien ?

JONATHAN.

Que disent-ils ?

JACQUES.

« Beau fils , quel droit as-tu à cette couronne, ton père n'y en eut pas. »

JONATHAN.

Au train dont va ta logique, tu vas bientôt me comparer la France à ce cheval d'Alexandre qui , dès qu'il sentait l'équipement royal, ne voulait plus porter que son maître.

JACQUES.

Préfères-tu que je la compare au lévrier de la chronique qui courtisait tour à tour et Yorck et Lancastre ; ou bien à l'ours de la comédie de Scribe qui ne fait que changer de tête ?

JONATHAN.

Ne la comparons pas à ce qui va à quatre pattes.

JACQUES.

Il y a des singes qui n'y vont pas, et pourtant ce ne sont que des singes ; ne singeons donc personne, ni l'Angleterre, ni l'Amérique, ni John-Bull, ni ton homonyme Jonathan. Soyons nous-mêmes, s'il se peut : tous nos socialistes, proudhoniens, phalanstériens, sous le masque de la fraternité, rê-

vent le despotisme, et dans l'épithéte de
tyrans verraient une belle épitaphe à met-
tre sur leur tombe; unissons-nous contre
eux, car si nous ne voulons pas que la gerbe
soit liée avec le knout, il n'y a qu'une chose
à faire, c'est de prendre pour la lier les
meilleurs épis.

JONATHAN.

Tiens, ce terrain est brûlant, quittons-le,
si tu m'en crois, et parlons de cela tout bas.

JACQUES.

Moi, j'en veux parler tout haut ; le peuple est roi, parlons-lui comme à un roi. C'est
notre coutume que, quand un homme parle
les yeux baissés à un autre homme de quel-
que rang qu'il soit, on ne le tient point
pour prud'homme.

JONATHAN.

Ta franchise est fort belle, mais c'est un
sot métier que la franchise, et l'on est par-
fois pendu pour dire la vérité.

JACQUES.

On ne pend plus aujourd'hui.

JONATHAN.

On ne pend plus, mais l'on écroue et
les socialistes.....

JACQUES.

Ils ne nous ont pas encore mis le pied sur
la gorge; et d'ailleurs, s'ils sont violents, ils
sont encore en petit nombre, en aussi petit
nombre que les fameux grains de maïs de
Toussaint Louverture (1).

Après tout, fussent-ils aussi nombreux
qu'ils le sont peu, il n'en serait que plus
urgent de leur ôter leur masque. Nous au-
rons beau dire avec le poète :

Réveille-toi, richesse, awake Wealth,

nos affaires n'en avanceront pas d'un

---

(1) On sait que pour peindre l'imperceptible
minorité des blancs parmi les nègres, Toussaint-
Louverture mêlait quelques grains de maïs jaune
dans un verre plein de maïs rouge.

pouce. Rompons le charme qui prolonge ce mortel sommeil : un mot y suffira. Ce mot-là, c'est l'ordre, et puissions-nous rentrer dans ses vraies conditions.

Les deux amis étaient revenus à leur point de départ; Jacques montra du doigt l'Obélisque à Jonathan. Vois cette masse, lui dit-il, d'où vient qu'elle ne nous écrase pas; c'est que la base est solide, et qu'ici le granit repose sur le granit. Tiens, Jonathan, crois-moi, élevons le peuple très haut, aussi haut que tu voudras; mais pour Dieu donnons-lui une base immuable, la religion, la morale, le respect de tous les droits, et nous ne craindrons plus qu'il ne vacille à tout vent, et qu'en nous écrasant il ne se brise lui-même.

FIN.

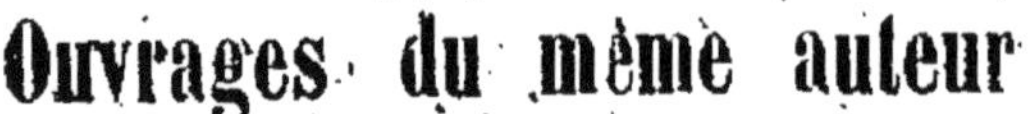

Ouvrages du même auteur :

—

ROME ET JÉRUSALEM,

in-8°, 3 fr.

HISTOIRE DE L'EGLISE,

2 volumes in-8°, 7 fr. 50 c.

POÉSIES.

———

Se vend au profit des pauvres : 15 cent.

———

Pour paraître prochainement :

ROBERT DU TEILLEUL.

 PARIS. — Imprimerie de Lacour et Cie ,
Rue St-Hyacinthe-St-Michel, 33.

www.ingramcontent.com/pod-product-compliance
Ingram Content Group UK Ltd.
Pitfield, Milton Keynes, MK11 3LW, UK
UKHW021024120726
13693UKWH00005B/2185